Leander und Zephyr
Im Rhythmus deines Herzens
Alisa Kevano

© 2024
likeletters Verlag
Inh. Martina Meister
Legesweg 10
63762 Großostheim
www.likeletters.de
info@likeletters.de

Alle Rechte vorbehalten.

Autorin: Alisa Kevano
Bildquelle: Midjourney

ISBN: 9783689490188

Teilweise kam für dieses Buch künstliche Intelligenz zum Einsatz.

Dies ist eine frei erfundene Geschichte. Ähnlichkeiten mit real existierenden Personen sind zufällig und nicht beabsichtigt.

Inhaltsverzeichnis

Der Duft von Geschichten	9
Alkoholfreie Cocktails	27
Klänge und Dissonanzen	36
Zweisamkeit	54
Schatten über Fabelrode	64
Vorbereitungen	78
Das Schulfest	87
Epilog	96

Der Duft von Geschichten

Der Geruch von altem Leder und vergilbtem Papier war das Erste, was Leander jeden Morgen wahrnahm, wenn er die schwere Eichentür zu ‚Sonnes Bücherstube' aufschloss.

Es war ein Duft, der ihm seit seiner Kindheit vertraut war - so vertraut wie die abgenutzten Holzdielen, die unter seinen Schritten knarrten, oder das sanfte Klingeln der viktorianischen Türglocke, die sein Großvater vor fünfzig Jahren installiert hatte.

An diesem Frühlingsmorgen schien die aufgehende Sonne durch die hohen Schaufenster und malte goldene Muster auf den staubigen Holztresen. Leander atmete tief ein und ließ seinen Blick über die hohen Bücherregale schweifen, die sich wie geduldige Wächter an den Wänden entlang erstreckten.

Jedes Buch darin war eine Welt für sich, eine Geschichte, die darauf wartete, entdeckt zu werden.

«Guten Morgen, ihr Lieben», murmelte er den Büchern zu, wie er es jeden Tag tat. Seine Mutter hatte immer gesagt, Bücher seien wie alte Freunde - sie brauchten regelmäßige Zuwendung. Der Gedanke an sie ließ einen vertrauten Stich in seiner Brust aufkommen. Drei Jahre waren vergangen, seit sie den Laden an ihn übergeben hatte, kurz bevor…

Leander schüttelte den Kopf und zwang sich, den Gedanken beiseitezuschieben. Stattdessen konzentrierte er sich auf seine morgendliche Routine. Mit geübten Bewegungen schaltete er die antike Messinglampe auf dem Tresen ein, deren warmes Licht den Raum in bernsteinfarbene Gemütlichkeit tauchte.

Das schwere Verkaufsbuch - noch das Original seines Großvaters - lag aufgeschlagen vor ihm, die gestrige Seite gefüllt mit seiner ordentlichen Handschrift.

Während er die ersten Einträge des Tages vorbereitete, drifteten seine Gedanken zu dem Gespräch mit Emma vom Vorabend. Seine beste Freundin und Mitarbeiterin hatte wieder einmal versucht, ihn zu überreden, «mal unter Leute zu kommen», wie sie es nannte.

«Du kannst nicht dein ganzes Leben zwischen diesen Regalen verbringen, Lee», hatte sie gesagt, ihre Stimme voller gutmütiger Besorgnis. «Du bist siebenundzwanzig, nicht siebzig!»

Er wusste, dass sie es nur gut meinte. Aber wie sollte er ihr erklären, dass die Stille des Ladens, das Rascheln der Seiten, der endlose Strom von Geschichten ihm mehr Gesellschaft boten als jede lärmende Bar oder Party? Dass die Charaktere in seinen Büchern ihm vertrauter waren als die meisten Menschen?

Das Klingeln der Türglocke riss ihn aus seinen Gedanken. Emma trat ein, in der einen Hand ihren üblichen Kaffeebecher, in der anderen eine braune Papiertüte, aus der der verführerische Duft frischer Croissants strömte.

«Ich wette, du hast wieder nicht gefrühstückt», sagte sie zur Begrüßung und stellte die Tüte vor ihm ab. Ihre kurzen roten Haare leuchteten im Morgenlicht wie Kupfer.

«Guten Morgen, Emma», erwiderte Leander mit einem schiefen Lächeln. «Und danke. Du musst das wirklich nicht jeden Tag machen.»

«Doch, muss ich», konterte sie und lehnte sich an den Tresen. «Sonst verhungerst du noch zwischen deinen geliebten Büchern. Außerdem… » Sie zögerte kurz. «Ich wollte mich für gestern entschuldigen. Ich wollte dich nicht bedrängen.»

Leander schüttelte den Kopf.

«Schon gut. Ich weiß, dass du es nur gut meinst.»

«Es ist nur... » Emma seufzte. «Seit deine Mutter gestorben ist, ziehst du dich immer mehr zurück. Sie hätte nicht gewollt, dass du dich hier vergräbst.»

Die Worte trafen ihn härter, als er erwartet hatte. Natürlich hatte Emma Recht - seine Mutter war immer voller Leben gewesen, hatte den Laden mit ihrer Energie und ihrem Lachen gefüllt. Wie oft hatte sie gesagt: «Bücher sind wunderbar, mein Schatz, aber das echte Leben findet zwischen den Seiten statt.»

Bevor er antworten konnte, kündigte die Türglocke einen frühen Kunden an. Leander drehte sich um und erstarrte.

Der junge Mann, der gerade eingetreten war, schien das Sonnenlicht mit sich zu bringen. Wilde dunkle Locken fielen ihm in die Stirn, seine gebräunte Haut sprach von Zeit im Freien, und sein strahlendes Lächeln ließ den Raum plötzlich heller erscheinen. Er trug ein schwarzes T-Shirt, das sich über breite Schultern spannte, abgenutzte Jeans und mehrere geflochtene Lederarmbänder. An seinem Handgelenk blitzte eine kleine Notenschlüssel-Tätowierung.

«Hi!», rief er mit einer Stimme, die so warm klang wie sein Lächeln aussah. «Ich suche ein Geschenk für meine Mutter. Etwas Besonderes.»

Leander brauchte einen Moment, um seine Stimme wiederzufinden. Er spürte Emmas amüsierten Blick in seinem Rücken. «W-willkommen in Sonnes Bücherstube», brachte er schließlich hervor. «Ich... ähm... hat Ihre Mutter bestimmte Interessen?»

Der Fremde kam näher, seine Bewegungen geschmeidig wie die eines Tänzers.

«Oh, sie liebt alles, was mit Gärten zu tun hat. Und bitte - nenn mich Zephyr. Das mit dem Sie macht mich nervös.»

«Zephyr», wiederholte Leander leise, der Name fühlte sich an wie Musik auf seiner Zunge. «Ich bin Leander. Der Laden gehört meiner Familie.»

«Ein Familienbetrieb?» Zephyrs Augen leuchteten interessiert. «Das ist selten geworden. Meine Mutter würde sagen, solche Läden haben Seele.»

Leander spürte, wie seine Wangen warm wurden und vermutlich leicht röteten.

«Drei Generationen», erklärte er, während er um den Tresen herum zur Abteilung für Gartenbücher ging.

Er war sich Zephyrs Präsenz hinter sich überdeutlich bewusst – ein leichter Duft nach Zitronen und etwas Holzigem, so anders als der gewohnte Geruch von altem Papier.

«Mein Großvater hat den Laden 1952 eröffnet», erzählte er weiter, froh darüber, sich auf vertrautes Terrain zu begeben. «Damals war Fabelrode noch eine verschlafene Kleinstadt. Er meinte immer, jede Stadt braucht einen Ort, wo Geschichten zu Hause sind.»

«Fabelrode», wiederholte Zephyr nachdenklich. «Je länger ich hier bin, umso mehr stelle ich fest, wie gut der Name passt. Die ganze Stadt wirkt wie aus einem Märchenbuch.»

«Du bist neu hier?» Leander griff nach einem großformatigen Band über historische Gartenkunst, nur um seine zitternden Hände zu beschäftigen.

«Seit ein paar Monaten», nickte Zephyr. «Ich brauchte einen Tapetenwechsel. Fabelrode schien der richtige Ort dafür - klein genug, um zur Ruhe zu kommen, groß genug für… » Er stockte kurz. «Für neue Möglichkeiten.»

Etwas in seiner Stimme ließ Leander aufhorchen. Da war eine Sehnsucht, die er selbst nur zu gut kannte. Er wagte einen Blick über seine Schulter und bereute es sofort - Zephyrs braune Augen trafen seine mit einer Intensität, die ihm den Atem raubte.

«Hier», sagte er hastig und reichte Zephyr ein wunderschön illustriertes Buch. «'Wilde Gärten - Naturparadiese gestern und heute'. Es ist neu erschienen und verbindet praktische Tipps mit kulturhistorischen Hintergründen. Die Autorin hat auch die Geschichten und Legenden verschiedener Gartenblumen gesammelt.»

Zephyr nahm das Buch entgegen, seine Finger streiften dabei kurz Leanders. Ein kleiner Stromschlag schien zwischen ihnen überzuspringen.

«Das klingt perfekt», sagte er begeistert und begann, durch die Seiten zu blättern. «Sieh dir diese Illustrationen an! Wie Gemälde... »

Seine offene Begeisterung war ansteckend. Leander ertappte sich dabei, wie er näher trat, um mit ihm die Bilder zu betrachten.

«Hier», zeigte er auf eine besonders schöne Darstellung, «das ist ein mittelalterlicher Klostergarten. Jede Pflanze hatte eine symbolische Bedeutung. Rosen standen für die Liebe, Veilchen für Bescheidenheit...»

«...und Lavendel für Hingabe», ergänzte Zephyr überraschend. Als Leander ihn erstaunt ansah, lachte er. «Hey, ich mag vielleicht nicht so aussehen, aber ich hatte eine sehr traditionsbewusste Großmutter. Sie konnte stundenlang über die Sprache der Blumen referieren.»

«Die Bedeutung der Dinge liegt nicht immer an der Oberfläche», murmelte Leander, mehr zu sich selbst.

«Nein», sagte Zephyr leise, «das tut sie nicht.»

Ihre Blicke trafen sich wieder, und diesmal konnte Leander nicht wegsehen. Es war, als ob die Zeit für einen Moment stillstand, eingefangen zwischen Buchseiten und unausgesprochenen Möglichkeiten.

Das schrille Klingeln eines Handys durchbrach den Moment.

Zephyr zuckte zusammen und fischte sein Telefon aus der Tasche.

«Tut mir leid, ich muss den annehmen», sagte er entschuldigend. «Das ist wegen der Arbeit.»

Leander nickte stumm und trat einen Schritt zurück, plötzlich unsicher, was gerade geschehen war. Er ging zum Tresen zurück, wo Emma so tat, als würde sie konzentriert Rechnungen sortieren.

«Hey», Zephyrs Stimme ließ ihn wieder aufsehen. Der junge Mann stand vor ihm, das Buch in den Händen. «Danke für deine Hilfe. Meine Mutter wird das lieben.» Er zögerte kurz. «Ich auch. Ich meine… ich freue mich darauf, mehr über Fabelrode zu lernen. Vielleicht… vielleicht kannst du mir ja mal mehr darüber erzählen?»

«Ich…» Leander spürte, wie sein Herz einen Sprung machte. «Ja, vielleicht.»

Ein strahlendes Lächeln breitete sich auf Zephyrs Gesicht aus.

«Großartig! Ich arbeite abends im ‚Mondschein', der Bar am Märchenplatz. Komm doch mal vorbei?»

Bevor Leander antworten konnte, war Zephyr schon zur Tür hinaus, das Klingeln der Glocke wie ein Echo seines Lachens.

«Oh. Mein. Gott.» Emma tauchte neben ihm auf. «Das war das Süßeste, was ich je gesehen habe. Und du gehst in diese Bar, Lee. Wenn nicht, werde ich dich eigenhändig hinschleifen.»

Leander starrte noch immer auf die Tür, durch die Zephyr verschwunden war. Der Duft von Zitronen und Holz hing noch in der Luft, vermischte sich mit dem vertrauten Geruch der Bücher.

Zum ersten Mal seit langem fühlte der Laden sich nicht nur wie ein Zufluchtsort an, sondern wie der Beginn von etwas Neuem.

«Vielleicht», sagte er leise, ein kleines Lächeln auf den Lippen. «Vielleicht gehe ich wirklich hin.»

Der restliche Tag zog sich wie Sirup.
Leander ertappte sich immer wieder dabei, wie seine Gedanken zu der Begegnung am Morgen abdrifteten. Während er Bücher einsortierte, meinte er noch immer Zephyrs Lachen zu hören; beim Abstauben der Regale spürte er phantomgleich die flüchtige Berührung ihrer Finger.
«Du hast gerade zum dritten Mal dasselbe Buch in die Hand genommen», bemerkte Emma amüsiert.
Sie lehnte am Regal und beobachtete ihn mit einem wissenden Lächeln.
Leander stellte das Buch hastig zurück, seine Ohren brannten.
«Ich war nur... in Gedanken.»
«Mhm. In Gedanken an einen gewissen dunkelhaarigen Schönling mit Notenschlüssel-Tattoo?»
«Emma!», zischte er und sah sich reflexartig um, als könnte jemand sie belauschen.

Der Laden war leer bis auf Mrs. Bergmann, die wie jeden Dienstag in der Krimiecke schmökerte.

Emma lachte.

«Oh Lee, du bist so durchschaubar. Weißt du was? Ich kenne den ‚Mondschein'. Es ist nicht, was du wahrscheinlich befürchtest - keine laute Disco oder verschwitztes Partyvolk. Es ist eher eine Cocktailbar mit Live-Musik. Sehr stilvoll, sehr… literarisch sogar.»

Leander hob skeptisch eine Augenbraue.

«Literarisch?»

«Sie haben Leseecken mit Vintage-Sesseln, gedämpftes Licht, Jazz-Musik. Der Besitzer ist ein alter Hippie, der Gedichtbände zwischen den Spirituosen stehen hat.» Sie stupste ihn sanft an. «Komm schon, das klingt doch nach einem Ort, an dem du dich wohlfühlen könntest.»

Bevor Leander antworten konnte, kündigte die Türglocke einen neuen Kunden an. Ein älterer Herr im tadellosen grauen Anzug betrat den Laden, sein Gesicht wie aus Granit gemeißelt.
«Herr Bauer», grüßte Leander höflich, wenn auch ohne Wärme.
Der Vermieter des Gebäudes kam selten in den Laden, und wenn, dann brachte er meist schlechte Nachrichten.
«Herr Sonne.»
Bauers Stimme klang wie trockenes Laub. Seine wässrigen Augen musterten den Raum mit kaum verhohlener Missbilligung. «Ich sehe, Sie halten den Laden traditionell.»
Es war keine Frage, aber Leander antwortete trotzdem.
«Wir schätzen die Geschichte des Hauses, ja.»
«Gut, gut.»
Bauer trat näher an den Tresen, er roch nach Kölnisch Wasser und war umhüllt davon wie eine erstickende Wolke.

«Wissen Sie, die Zeiten ändern sich. Fabelrode verändert sich. Manche...» Er machte eine vage Handbewegung. «Manche Elemente passen nicht mehr in unsere Vision für die Stadt.»
Leander spürte, wie sich sein Magen zusammenzog.
«Unsere Vision?», fragte er vorsichtig.
«Oh, Sie werden schon sehen.» Bauers Lächeln erreichte seine Augen nicht. «Übrigens - ich habe gehört, Sie hatten heute Morgen interessanten Besuch. Dieser junge Mann mit den wilden Haaren?» Er schnalzte missbilligend mit der Zunge. «Ich würde vorsichtig sein, mit wem Sie sich einlassen, Herr Sonne. Manche Verbindungen könnten geschäftsschädigend sein.»
Mit einem knappen Nicken wandte er sich ab und verließ den Laden. Die Türglocke klang diesmal wie eine Warnung.
Emma pfiff leise durch die Zähne.
«Was war das denn?»

Leander schüttelte den Kopf, seine Gedanken rasten.

«Ich weiß nicht. Aber es gefällt mir nicht.»

«Umso mehr Grund, heute Abend in den ‚Mondschein' zu gehen», sagte Emma entschieden. «Wenn Bauer etwas gegen Zephyr hat, ist das in meinen Augen die beste Empfehlung.»

Leander starrte noch immer auf die Tür.

Bauers Worte hatten etwas in ihm geweckt - einen Trotz, den er seit dem Tod seiner Mutter nicht mehr gespürt hatte. Er dachte an Zephyrs strahlendes Lächeln, an die Wärme in seinen Augen, an die Art, wie er über Blumen und ihre Bedeutungen gesprochen hatte.

«Weißt du was?», sagte er langsam. «Du hast Recht. Ich gehe hin.»

Emmas überraschter Gesichtsausdruck verwandelte sich in ein breites Grinsen.

«Wirklich? Oh Gott, was ziehst du an? Warte, ich habe da ein paar Ideen… »
Während Emma begeistert Outfit-Vorschläge machte, wanderte Leanders Blick zu dem Buch über Gartenkunst, das noch auf dem Tresen lag. Zephyr hatte es in seiner Eile vergessen.
Ein Lächeln schlich sich auf seine Lippen. Vielleicht war das Schicksal ja doch mehr als nur eine literarische Konvention.

Alkoholfreie Cocktails

Der «Mondschein» lag in einer der älteren Gassen Fabelrodes, wo das Kopfsteinpflaster noch original war und die Straßenlaternen wie aus einem Dickens-Roman wirkten. Leander stand vor der unscheinbaren Tür, über der ein dezentes Neonschild in warmem Blau schimmerte. Seine Finger spielten nervös mit dem eingepackten Gartenbuch.

Emma hatte ihn in sein bestes dunkelblaues Hemd gesteckt («Es betont deine Augen!») und seine widerspenstigen hellbraunen Haare in eine, wie sie es nannte, «künstlerisch zerzauste» Frisur gebracht. Er fühlte sich verkleidet, wie ein Charakter in einem Theaterstück.

Aus dem Inneren der Bar drang gedämpfte Musik - ein Jazzsong, den er vage als einen Klassiker von Miles Davis erkannte. Das beruhigte ihn ein wenig. Vielleicht hatte Emma Recht gehabt mit ihrer Einschätzung des Lokals.

Mit einem tiefen Atemzug drückte er die Tür auf.

Der erste Eindruck überraschte ihn angenehm. Statt einer typischen Bar erwartete ihn ein Raum, der wie eine Kreuzung aus viktorianischem Salon und modernem Café wirkte. Hohe Bücherregale säumten die Wände, dazwischen alte Konzertplakate und abstrakte Kunstwerke. Vintage-Sessel und kleine Tische bildeten gemütliche Sitzgruppen, während die geschwungene Bar selbst wie ein Kunstwerk aus dunklem Holz und schimmerndem Messing wirkte.

Und dort, hinter der Bar, stand Zephyr. Er hatte das schwarze T-Shirt gegen ein dunkelrotes Hemd getauscht, die Ärmel hochgekrempelt, sodass seine Unterarme und das Notenschlüssel-Tattoo zu sehen waren. Mit fließenden

Bewegungen mixte er einen Cocktail, sein Gesicht konzentriert, aber entspannt.

Als hätte er Leanders Blick gespürt, sah er auf. Seine Augen weiteten sich überrascht, dann breitete sich ein strahlendes Lächeln auf seinem Gesicht aus. Er sagte etwas zu seinem Kollegen und kam um die Bar herum.

«Du bist gekommen!», rief er aus, seine Stimme eine Mischung aus Freude und Ungläubigkeit. «Ich hatte es gehofft, aber ich war nicht sicher.»

«Du hast dein Buch vergessen», sagte Leander und hielt das Paket hoch, sich sofort für diese prosaische Bemerkung verfluchend.

Aber Zephyr lachte nur.

«Ist das so? Wie unachtsam von mir.» Seine Augen funkelten verschmitzt. «Fast könnte man meinen, ich hätte einen Vorwand gesucht, dich wiederzusehen.»

Leander spürte, wie ihm die Röte ins Gesicht stieg.

«Das… das wäre ziemlich raffiniert von dir.»

«Nun, ich habe meine Momente.» Zephyr deutete auf einen freien Platz an der Bar. «Darf ich dir einen Drink mixen? Etwas Spezielles, nur für dich?»

Die Art, wie er das sagte, ließ Leanders Herz schneller schlagen.

«Ich… ich trinke normalerweise nicht viel Alkohol», gab er zu.

«Perfekt!» Zephyr klatschte begeistert in die Hände. «Dann kann ich dir meine alkoholfreien Kreationen zeigen. Die sind nämlich meine wahre Leidenschaft - jeder kann Wodka in Saft kippen, aber einen komplexen Drink ohne Alkohol zu kreieren, das ist Kunst!»

Er kehrte hinter die Bar zurück und begann, mit verschiedenen Flaschen und Gläsern zu hantieren. Seine Bewegungen erinnerten Leander an einen Tänzer oder vielleicht einen Dirigenten - jede Geste präzise und doch voller Anmut.

«Weißt du», sagte Zephyr, während er arbeitete, «als ich nach Fabelrode kam, dachte ich, ich würde hier nur zur Ruhe kommen. Mich neu sortieren.» Er goss eine blaue Flüssigkeit in einen Shaker. «Aber manchmal... manchmal findet man Dinge, nach denen man gar nicht gesucht hat.»

Er sah Leander direkt in die Augen, und in diesem Moment war die Bar um sie herum vergessen. Es waren nur noch sie beide, gefangen in einer Blase aus gedämpftem Licht und unausgesprochenen Möglichkeiten.

«Hier.» Zephyr stellte ein hohes Glas vor Leander. Der Drink schimmerte in verschiedenen Blautönen, gekrönt von einer kristallweißen Schaumkrone und einer einzelnen Blüte. «Ich nenne ihn ‚Mitternachtstraum' - inspiriert von den alten Geschichten über den Traumfänger-Turm.»

Leander sah überrascht auf.

«Du kennst die Geschichte?»

«Nur Bruchstücke. Etwas über einen magischen Turm, der die Träume der Stadt beschützt?» Zephyr lehnte sich vor, seine Augen neugierig. «Erzähl sie mir.»

Die Bitte war so aufrichtig, dass Leander nicht widerstehen konnte.

Während er einen vorsichtigen Schluck von dem Drink nahm - der überraschend komplex schmeckte, mit Noten von Blaubeere, Lavendel und etwas Würzigem - begann er zu erzählen. Von der jungen Weberin Elara, die den Turm erbauen ließ, von den Albträumen, die die Stadt plagten, und von dem gewaltigen Traumfänger, der noch heute über Fabelrode wachen soll.

Zephyr hörte gebannt zu, stellte kluge Fragen, lachte an den richtigen Stellen.

Zwischendurch bediente er andere Gäste, aber seine Aufmerksamkeit kehrte immer wieder zu Leander zurück, als wäre er ein Magnet.

«Du erzählst wunderbar», sagte er, als Leander geendet hatte. «Die Geschichte fühlte sich so lebendig an. Fast, als... » Er stockte, schien nach Worten zu suchen.

«Als ob sie wahr sein könnte?», schlug Leander vor.

«Ja, genau das.» Zephyr lächelte nachdenklich. «Weißt du, in meinen Songs versuche ich auch immer, Geschichten zu erzählen. Aber mit Worten tue ich mich manchmal schwer. Die Musik spricht ihre eigene Sprache.»

«Du schreibst Songs?»

«Versuche es zumindest.» Zephyr zuckte verlegen mit den Schultern. «Ich habe eine kleine Band. Wir proben in einem alten Lagerhaus am Stadtrand. Nichts Besonderes, aber... »

«Ich würde sie gerne mal hören», unterbrach Leander ihn, überrascht von seiner eigenen Kühnheit.

Zephyrs Gesicht hellte sich auf.

«Wirklich? Wir proben morgen Abend. Du könntest vorbeikommen, wenn du magst?»

Die Vorstellung, in einen Proberaum voller fremder Menschen zu gehen, ließ Leanders Angstschweiß ausbrechen. Aber Zephyr blickte ihn hoffnungsvoll an.

«Ich... ich weiß nicht, ob ich...»

«Hey.» Zephyr legte sanft seine Hand auf Leanders. «Kein Druck. Ich verstehe, wenn das nicht deine Welt ist. Aber manchmal... » Er lächelte warm. «Manchmal lohnt es sich, neue Welten zu erkunden. Das solltest gerade du als Bücherwurm doch wissen.»

Der Kontakt ihrer Hände sandte kleine Stromstöße durch Leanders Arm. Er wollte seine Hand wegziehen, wollte sich in seine sichere, wohlgeordnete

Welt zurückziehen. Aber da war noch etwas anderes - ein Hunger nach mehr, nach Leben, nach…

«Okay», hörte er sich selbst sagen. «Ich komme.»

Die Freude in Zephyrs Augen war wie Sonnenlicht nach einem langen Winter. Er kritzelte die Adresse und seine Nummer auf einen Bierdeckel.

«Morgen, neunzehn Uhr? Ich hole dich am Laden ab.»

Als Leander später durch die nächtlichen Straßen nach Hause ging, fühlte er sich wie in einem Traum. Der Geschmack von Zephyrs Drink lag noch auf seiner Zunge, die Wärme seiner Hand noch auf seiner Haut.

Über ihm ragte der Traumfänger-Turm in den Nachthimmel, seine Spitze im Mondlicht glitzernd.

Vielleicht, dachte er, war es Zeit für eine neue Geschichte.

Seine eigene.

Klänge und Dissonanzen

Die alte Standuhr im Buchladen schlug gerade sechs, als Leander zum zwanzigsten Mal sein Spiegelbild musterte.
Das dunkle Hemd saß gut - Emma hatte darauf bestanden, dass er es anlässt («Wenn es bei Zephyr funktioniert hat, funktioniert es wieder!») - aber seine Haare schienen heute besonders eigenwillig zu sein.
«Es sind nur Haare», murmelte er seinem Spiegelbild zu. «Und es ist nur eine Bandprobe.»
Sein Spiegelbild sah wenig überzeugt aus.
Das leise Ping seines Handys ließ ihn zusammenzucken.
Eine Nachricht von Zephyr:
«Bin in zehn Minuten da. Freue mich!»
Leander starrte auf das Musiknoten-Emoji, das Zephyr mitgesendet hatte,

und spürte, wie sein Magen Saltos schlug.

Was hatte er sich nur dabei gedacht, zuzusagen? Er, der sich bei Familienfeiern schon unwohl fühlte, wollte in einen Proberaum voller Musiker gehen?

Das Klingeln der Ladenglocke riss ihn aus seinen Gedanken. Emma steckte den Kopf durch die Tür, ihre roten Haare heute mit glitzernden Clips geschmückt.

«Noch nicht in Panik verfallen?», fragte sie grinsend.

«Doch. Völlig.»

Leander sank in seinen Lieblingsstuhl, einen abgenutzten Ledersessel, der noch von seinem Großvater stammte.

«Emma, ich kann das nicht. Ich bin nicht der Typ für sowas.»

«Welcher Typ denn?» Emma setzte sich auf die Armlehne. «Der Typ, der neue Erfahrungen macht? Der Typ, der lebt statt nur zu lesen? Der Typ, der einem umwerfend gut aussehenden Musiker eine Chance gibt?»

«Der Typ, der sich zum Narren macht», murmelte Leander.

Emma seufzte und nahm seine Hand.

«Lee, hör mir mal zu. Ich kenne dich seit der Grundschule. Du bist klug, witzig und hast mehr Tiefgang als die meisten Menschen, die ich kenne. Aber du versteckst dich. Seit deine Mom… » Sie drückte seine Hand fester. «Sie hätte gewollt, dass du glücklich bist. Dass du lebst.»

«Ich weiß.» Leander schluckte schwer. «Es ist nur… mit Büchern ist es einfacher. Bücher enttäuschen einen nicht. Sie gehen nicht weg.»

«Menschen sind keine Bücher, das stimmt», sagte Emma sanft. «Sie sind komplizierter, unberechenbarer. Aber sie können auch wärmer sein. Lebendiger. Und dieser Zephyr… die Art, wie er dich ansieht.» Sie lächelte. «Das ist keine Geschichte, Lee. Das ist echt.»

Bevor Leander antworten konnte, kündigte die Türglocke einen neuen Besucher an. Zephyr stand im Eingang, das letzte Sonnenlicht des Tages wie ein Heiligenschein um seine dunklen Locken.

Er trug eine abgewetzte Lederjacke über einem grauen T-Shirt, und sein Lächeln war warm genug, um den kühlen Frühlingsabend zu erhellen.

«Hey», sagte er, und allein dieses eine Wort ließ Leanders Herz schneller schlagen.

«Hey», erwiderte er schwach.

Emma sprang auf, ein verschmitztes Grinsen im Gesicht.

«Und das ist mein Stichwort. Habt Spaß, ihr zwei!» Sie zwinkerte Leander zu und verschwand, die Türglocke ein fröhliches Finale ihres Abgangs.

«Deine Freundin ist recht energiegeladen», bemerkte Zephyr amüsiert.

«Sie ist ein Wirbelwind», nickte Leander. «Aber der beste Wirbelwind, den man sich wünschen kann.»

«Man merkt, dass sie sich um dich sorgt.» Zephyr trat näher, seine Augen warm. «Bereit für ein kleines Abenteuer?»

Der Proberaum befand sich in einem alten Industriegebäude am Stadtrand, wo Fabelrodes märchenhafte Fassade einer pragmatischeren Realität wich. Während sie die metallene Treppe hinaufstiegen, hallten ihre Schritte durch das Treppenhaus. Gedämpfte Musik drang von oben herab - ein basslastiger Rhythmus, der die Luft vibrieren ließ.

«Keine Sorge», sagte Zephyr, als er Leanders angespannten Gesichtsausdruck bemerkte. «Die anderen sind super. Ein bisschen chaotisch vielleicht, aber herzlich.»

Leander nickte stumm. Seine Handflächen waren schweißnass, und sein Herz hämmerte im Takt der Musik.

Als Zephyr die Tür öffnete, schlug ihnen eine Welle von Klang entgegen. Der Raum war größer als erwartet, die Wände mit Schaumstoffplatten gedämmt, hier und dort hingen alte Konzertposter und handgemalte Kunstwerke. In der Mitte des Raums spielten drei Personen, völlig in ihre Musik versunken.

Am Schlagzeug saß ein großer Kerl mit Rastazöpfen, seine Bewegungen erstaunlich sanft für die Wucht, die er erzeugte. Eine junge Frau mit pinkem Undercut handhabte den Bass, während am Keyboard ein schmaler Typ mit Hornbrille und Anime-T-Shirt saß.

«Hey, Leute!», rief Zephyr über die Musik hinweg. «Darf ich vorstellen? Das ist Leander!»

Die Musik verstummte. Drei Köpfe drehten sich zu ihnen um.

«Der Büchermann!», rief die Bassistin begeistert. «Endlich! Zeph hat die ganze Woche von nichts anderem geredet!»

«Mia!», zischte Zephyr, während Leander spürte, wie ihm die Röte ins Gesicht schoss.

«Was denn? Ist doch wahr!» Sie kam auf sie zu, der Bass wie eine exotische Waffe an ihrer Seite. «Hi, ich bin Mia. Der freundliche Riese am Schlagzeug ist Finn, und unser Keyboard-Nerd heißt Jonas.»

«Willkommen in der Höhle des Löwen», grinste Jonas. «Oder eher in der Höhle der lärmenden Katzen, wie Herr Bauer uns liebevoll nennt.»

Leander horchte auf.

«Herr Bauer? Mein Vermieter?»

«Auch unser Vermieter», nickte Finn. «Und nicht gerade ein Fan unserer musikalischen Ausrichtung.»

«Er würde uns am liebsten rauswerfen», fügte Mia hinzu. «Aber wir haben einen wasserdichten Mietvertrag. Noch.»

Etwas in ihrer Stimme ließ Leander aufhorchen. Er dachte an Bauers Worte im Laden, an seine kaum verhüllte Warnung.

War es Zufall, dass der Mann sowohl sein als auch Zephyrs Vermieter war?

«Hey.» Zephyrs Hand auf seiner Schulter riss ihn aus seinen Gedanken. «Keine schweren Themen heute, okay? Heute geht's nur um Musik.» Er griff nach seiner Gitarre, die in einer Ecke auf einem Ständer ruhte. «Bereit für eine kleine Privatvorstellung?»

Die ersten Akkorde schwebten durch den Raum, sanft und fragil wie Morgentau. Dann setzte Mias Bass ein, ein warmer Herzschlag unter der Melodie. Finn und Jonas folgten, und plötzlich füllte sich der Raum mit einer Musik, die Leander den Atem raubte.

Es war nicht die lärmende Rockmusik, die er erwartet hatte. Der Song war eine

Geschichte, erzählt in Tönen statt Worten - melancholisch und hoffnungsvoll zugleich, wie ein Sonnenaufgang nach einer langen Nacht.
Und dann begann Zephyr zu singen.
Seine Stimme war rau und warm wie alter Whiskey, voller Sehnsucht und verhaltener Kraft. Er sang von verlorenen Träumen und neuen Anfängen, von der Angst vor dem Unbekannten und dem Mut, es trotzdem zu wagen.
Leander saß wie verzaubert auf einem abgewetzten Sofa an der Wand. Er beobachtete, wie Zephyr sich in der Musik verlor, wie sein ganzer Körper zum Instrument wurde. In diesem Moment verstand er zum ersten Mal wirklich, was Zephyr gemeint hatte - Musik sprach tatsächlich ihre eigene Sprache, eine Sprache des Herzens.
Als der letzte Ton verklang, herrschte für einen Moment absolute Stille im Raum. Leander merkte, dass er den Atem angehalten hatte.

«Und?», fragte Zephyr leise, seine Augen suchten Leanders. «Was denkst du?»

«Das war...» Leander suchte nach Worten, die dem gerecht werden könnten, was er gerade erlebt hatte. «Das war Magie.»

Ein strahlendes Lächeln breitete sich auf Zephyrs Gesicht aus.

«Von einem Geschichtenerzähler wie dir ist dies das größte Kompliment.»

«Oh Gott, werdet ihr zwei noch süßer, krieg ich Karies», neckte Mia, aber ihr Lächeln war warm.

Plötzlich hallten schwere Schritte durch den Flur.

Die Tür flog auf, und Herr Bauer stand im Rahmen, sein Gesicht rot vor Zorn.

Hinter ihm erschien ein hagerer Mann mit grauem Haar und strengem Gesicht.

«Was habe ich gesagt über diese Art von Lärm?», donnerte Bauer.

Zephyr trat vor, schützend zwischen die Band und die Eindringlinge.

«Herr Bauer, wir sind völlig im Rahmen der vereinbarten Probezeiten. Es ist noch nicht einmal acht Uhr.»

«Probezeiten!» Bauer spuckte das Wort förmlich aus. «Als ob dieser moderne Unsinn jemals Musik wäre! Und Sie, Herr Sonne.» Sein Blick bohrte sich in Leander. «Ich hatte Sie gewarnt vor gewissen… Verbindungen.»

Leander spürte, wie etwas in ihm sich aufbäumte - ein lange unterdrückter Trotz, eine Wut auf all die selbsternannten Wächter der «Ordnung», die das Leben in vorgegebene Bahnen zwingen wollten.

«Ihre Warnung war sehr deutlich», sagte er und stand auf. Seine Stimme zitterte nur leicht. «Aber wissen Sie was? Ich entscheide selbst, mit wem ich mich verbinde.»

Der grauhaarige Mann hinter Bauer schnaubte.

«Jugend von heute! Keine Achtung vor Traditionen, vor Kultur!»

«Kultur?» Jetzt war es Mia, die vortrat. «Was wissen Sie schon von Kultur, Herr Klein? Sie unterrichten Musik an der Schule und verteufeln alles, was nach 1900 komponiert wurde!»

«Moment», unterbrach Leander. «Sie sind der neue Musiklehrer? Der, der die Schulband auflösen will?»

Klein richtete sich zu seiner vollen Höhe auf.

«Diese Kakophonie hat nichts mit echter Musik zu tun! Was diese jungen Leute brauchen, ist Disziplin, Struktur!»

«Was wir brauchen», sagte Zephyr ruhig, aber bestimmt, «ist die Freiheit, unsere eigene Stimme zu finden. Musik lebt von Entwicklung, von Veränderung. Oder glauben Sie, Bach hätte sich nicht auch über neue Instrumente, neue Möglichkeiten gefreut?»

Ein gefährliches Lächeln erschien auf Bauers Gesicht.
«Nun, vielleicht sollten wir diese... philosophische Diskussion an anderer Stelle fortsetzen. Sagen wir, bei der nächsten Mietpreissprechung? Ich denke, die Preise in diesem Viertel sind deutlich zu niedrig.»
Die Drohung hing schwer in der Luft. Leander sah, wie Zephyr die Fäuste ballte, wie Mia erbleichte, wie Jonas und Finn sich angespannte Blicke zuwarfen.
«Sie können uns nicht einfach verdrängen», sagte er, überrascht von der Festigkeit seiner eigenen Stimme. «Fabelrode gehört nicht Ihnen allein.»
«Nein?» Bauer trat näher. Wieder roch er penetrant nach Kölnisch Wasser. «Das werden wir ja sehen, nicht wahr? Kommen Sie, Klein. Lassen wir die jungen Leute ihre... Musik machen. Noch können sie das ja.»

Mit einem letzten verächtlichen Blick verließen die beiden Männer den Raum. Ihre Schritte hallten noch lange durch das Treppenhaus.

Als die Schritte verklungen waren, ließ sich Mia schwer auf einen Verstärker fallen.

«Das war's dann wohl», murmelte sie. «Er wird uns rauswerfen.»

«Kann er das denn einfach so?», fragte Leander.

Jonas schüttelte den Kopf. «Nicht direkt. Aber er kann die Miete erhöhen, uns das Leben schwer machen. Und jetzt, wo er und Klein offenbar gemeinsame Sache machen... »

«Es tut mir leid», sagte Leander leise zu Zephyr. «Das ist meine Schuld. Wenn ich nicht hergekommen wäre... »

«Hey.» Zephyr nahm seine Gitarre ab und trat zu ihm. «Das ist nicht deine Schuld. Bauer und Klein haben schon lange etwas gegen uns - gegen alles, was nicht in ihr engstirniges Weltbild passt.» Er lächelte schief. «Außerdem… ich würde dich jederzeit wieder einladen.»

Ihre Blicke trafen sich, und für einen Moment war der Rest des Raums vergessen. In Zephyrs Augen lag eine Wärme, die Leanders Herz schneller schlagen ließ.

Finn räusperte sich diskret.

«Ähem, vielleicht sollten wir für heute Schluss machen? Die Stimmung ist sowieso im Eimer.»

«Nein.» Zephyrs Stimme war fest. «Genau das wollen sie doch - uns einschüchtern, zum Aufgeben bringen.» Er griff wieder nach seiner Gitarre. «Ich habe da einen neuen Song. Er ist noch nicht ganz fertig, aber vielleicht ist jetzt der richtige Moment dafür.»

Die ersten Akkorde waren anders als zuvor - härter, kämpferischer. Als Zephyr zu singen begann, war seine Stimme voll unterdrückter Emotion:

«Sie wollen unsere Stimmen zum Schweigen bringen,
Tradition als Waffe schwingen,
Doch Musik kennt keine Grenzen,
Keine Mauern, die sie beschränken...»
Die anderen fielen ein, erst zögernd, dann mit wachsender Intensität.
Mias Bass grollte wie ferner Donner, Finns Schlagzeug war ein rebellischer Herzschlag, und Jonas' Keyboard webte fremdartige Harmonien durch die Melodie.
Leander saß da und ließ sich von der Musik mitreißen. Er verstand plötzlich, warum Bauer und Klein diese Musik fürchteten - sie war Veränderung, sie war Freiheit, sie war Leben.
Als der Song endete, herrschte einen Moment lang atemlose Stille.
«Wow», flüsterte Mia schließlich. «Das war intensiv.»
Zephyr nickte, seine Augen glänzten.
«Das ist es, was sie nicht verstehen. Musik, Kunst, Literatur - das sind keine

toten Dinge, die man in Museen sperren kann. Sie leben durch uns, durch jede neue Generation, die sie aufnimmt und weiterspinnt.»

«Wie in deinem Laden», fügte er hinzu und sah Leander an. «Die Bücher sind alt, ja, aber sie leben durch die Menschen, die sie lesen, die neue Bedeutungen in ihnen finden.»

Leander spürte, wie sich etwas in seiner Brust weitete.

«Ja», sagte er leise. «Genau wie in den alten Geschichten von Fabelrode. Sie erzählen von Magie und Wandel, von der Kraft der Kunst...» Er hielt inne, eine Idee formte sich in seinem Kopf. «Das ist es!»

«Was ist was?», fragte Jonas.

«Die Geschichten! Die alten Legenden von Fabelrode - sie alle handeln davon, wie Kunst und Magie die Stadt verändert haben. Der Traumfänger-Turm, die singende Linde, der Geschichtenmarkt... Wenn wir den Leuten zeigen könnten, dass wir Teil dieser Tradition sind, nicht ihre Feinde!»

Zephyrs Augen begannen zu leuchten. «Eine Veranstaltung», sagte er langsam. «Etwas, das Musik und Literatur verbindet, alt und neu.»

«In der Bücherstube!», rief Mia begeistert. «Die perfekte Location - traditionell genug für die Konservativen, aber mit neuem Leben gefüllt!»

Die Energie im Raum veränderte sich, Hoffnung verdrängte die Niedergeschlagenheit. Sie begannen, Ideen zu sammeln, Pläne zu schmieden.

Zweisamkeit

Die nächste Stunde verging wie im Flug. Sie diskutierten Möglichkeiten, skizzierten Ideen, während die Instrumente vergessen in den Ecken standen. Jonas machte eifrig Notizen auf seinem Tablet, während Mia bereits mögliche Setlists zusammenstellte.

«Wir könnten mit klassischen Gedichten anfangen», schlug Leander vor, allmählich von der allgemeinen Begeisterung angesteckt. «Die zu eurer Musik interpretieren...»

«Und dann überleiten zu moderneren Texten», ergänzte Zephyr. «Zeigen, wie eines aus dem anderen erwächst.»

Finn sah auf die Uhr und pfiff leise.

«Leute, es ist schon nach zehn. Wir sollten Schluss machen, bevor Bauer noch einen Grund findet, sich zu beschweren.»

«Stimmt.» Mia streckte sich. «Jonas, kannst du mich mitnehmen? Mein Rad hat ‚nen Platten.»

«Klar.» Jonas packte sein Tablet ein. «Kommt ihr auch?»

Zephyr tauschte einen kurzen Blick mit Leander.

«Ich räume noch ein bisschen auf. Und sollte Leander vielleicht nach Hause bringen.»

«Natüüürlich», grinste Mia wissend. «Komm, Jonas, lass uns die zwei Turteltauben alleine lassen.»

Leander spürte, wie ihm die Röte ins Gesicht schoss, aber er konnte nicht leugnen, dass sein Herz schneller schlug bei der Aussicht, mit Zephyr allein zu sein.

Als die anderen gegangen waren, breitete sich eine eigentümliche Stille im Raum aus. Zephyr begann, Kabel aufzurollen, während Leander unsicher dastand.

«Soll ich dir helfen?», fragte er schließlich.

Zephyr lächelte.

«Du kannst die Notenblätter dort drüben einsammeln, wenn du magst.»

Sie arbeiteten eine Weile schweigend, aber es war keine unangenehme Stille. Ab und zu trafen sich ihre Blicke, und jedes Mal spürte Leander dieses Kribbeln in seinem Magen.

«Hier.» Leander hielt ein Blatt hoch. «Das sieht interessant aus. ‚Im Rhythmus deines Herzens'?»

Zephyr erstarrte kurz, dann kam er näher.

«Oh. Das… das ist noch nicht fertig. Eigentlich sollte das niemand sehen.»

«Entschuldigung, ich wollte nicht… »

«Nein, ist schon okay.» Zephyr nahm das Blatt, seine Finger streiften dabei Leanders. «Es ist nur sehr persönlich. Ich habe es geschrieben, nachdem ich dich zum ersten Mal im Laden gesehen habe.»

Leander hielt den Atem an.

«Du... du hast einen Song über mich geschrieben?»

Zephyr fuhr sich verlegen durch die Locken.

«Verrückt, oder? Ich meine, ich kannte dich kaum, aber... da war etwas. Die Art, wie du mit den Büchern umgegangen bist, wie deine Augen geleuchtet haben, als du von Geschichten gesprochen hast...» Er sah auf. «Du hast mich inspiriert.»

Sie standen sich jetzt sehr nahe, das Notenblatt zwischen ihnen wie ein zerbrechliches Geheimnis. Leander konnte den leichten Duft von Zephyrs Aftershave riechen, der beinahe schon vertraute Duft nach Zitrone und Holz.

«Würdest du... würdest du ihn mir vorspielen?», fragte er leise.

Zephyr zögerte nur kurz, dann nickte er. Er griff nach seiner Gitarre und setzte sich auf den Verstärker. Leander ließ sich neben ihm nieder, nahe genug, um die Wärme von Zephyrs Körper zu spüren.

Die Melodie, die Zephyr anschlug, war anders als alles, was er zuvor gespielt hatte. Sanfter, intimer, wie ein Geheimnis, das nur für sie beide bestimmt war. Und dann begann er zu singen, seine Stimme kaum mehr als ein Flüstern:

«In einem Raum voll alter Geschichten,
Fand ich eine, die noch nicht geschrieben,
Zwischen Buchseiten versteckt,
Eine Seele, die mich weckt...»

Leander spürte, wie ihm Tränen in die Augen stiegen. Der Song war wunderschön in seiner Verletzlichkeit, seiner unverhohlenen Sehnsucht.

Als der letzte Ton verklang, herrschte absolute Stille. Zephyr starrte auf seine Gitarre, seine Wangen leicht gerötet.

«Das war...» Leander suchte nach Worten. «Das war das Schönste, was je jemand für mich getan hat.»

Zephyr hob den Kopf, ihre Blicke trafen sich. Die Luft zwischen ihnen schien zu knistern. Langsam, wie in Zeitlupe, lehnte sich Zephyr vor.

Die Zeit schien stillzustehen. Leander konnte Zephyrs Atem auf seiner Wange spüren, sah die goldenen Sprenkel in seinen braunen Augen. Sein Herz hämmerte so laut, dass er sicher war, Zephyr müsste es hören können.

Dann, sanft wie ein Frühlingswind, legten sich Zephyrs Lippen auf seine.

Der Kuss war zart, fragend, voller Behutsamkeit. Zephyrs freie Hand fand ihren Weg in Leanders Nacken, während die andere noch immer die Gitarre hielt. Leander schloss die Augen, überwältigt von den Empfindungen, die durch seinen Körper strömten.

Es war so anders als in seinen Büchern. Kein dramatisches Feuerwerk, keine schwülstigen Metaphern. Stattdessen war da diese unglaubliche Sanftheit, diese Wärme, die sich in seiner Brust ausbreitete wie heißer Tee an einem kalten Tag.

Als sie sich voneinander lösten, blieben sie einen Moment mit geschlossenen Augen sitzen, die Stirnen aneinander gelehnt.

«Wow», flüsterte Zephyr.

«Ja», hauchte Leander. «Wow.»

Ein leises Lachen perlte aus Zephyrs Kehle.

«Weißt du, ich wollte das schon tun, seit du mir von der Traumfänger-Geschichte erzählt hast.»

«Wirklich?» Leander öffnete die Augen, traf auf Zephyrs warmen Blick.

«Wirklich. Die Art, wie du erzählst, als würdest du die Geschichten zum Leben erwecken. Ich... » Er stockte kurz. «Ich glaube, ich verliebe mich gerade ein bisschen in dich.»

Die Worte ließen Leanders Herz stolpern.

Ein Teil von ihm wollte wegrennen, sich in der Sicherheit seiner Bücher ver-

stecken. Aber ein größerer Teil - einer, der in den letzten Tagen stetig gewachsen war - wollte bleiben.
Wollte mehr.
«Ich auch», flüsterte er. «Verliebe mich, meine ich. Auch wenn es mir ein bisschen Angst macht.»
Zephyr stellte vorsichtig seine Gitarre beiseite und nahm Leanders Hände in seine. Seine Finger waren rau von den Gitarrensaiten, aber seine Berührung war unendlich zärtlich.
«Mir auch», gestand er. «Ich meine, schau uns an - der rebellische Musiker und der schüchterne Buchhändler. Klingt wie der Anfang eines Romans.»
«Hoffentlich einer mit Happy End», sagte Leander, überrascht von seiner eigenen Kühnheit.
Zephyr lachte leise.
«Das liegt an uns, oder? Wir schreiben diese Geschichte selbst.»

Ein plötzliches Geräusch im Flur ließ sie auseinanderfahren. Schritte näherten sich, dann entfernten sie sich wieder.
«Vermutlich der Hausmeister», sagte Zephyr, aber seine Stimme klang angespannt. «Trotzdem… wir sollten gehen. Es ist spät.»
Leander nickte, auch wenn er sich wünschte, dieser Moment könnte ewig dauern. Sie packten schnell die restlichen Sachen zusammen und verließen den Proberaum.
Die Nachtluft war kühl und klar, der Himmel über Fabelrode ein samtenes Schwarz, in dem die Sterne wie Diamanten funkelten. Sie gingen schweigend nebeneinander her, ihre Hände fanden sich wie von selbst.
Am Traumfänger-Turm blieben sie stehen. Seine massive Silhouette ragte vor ihnen auf, die metallenen Strukturen glitzerten im Mondlicht.

«Glaubst du wirklich, dass er die Träume der Stadt beschützt?», fragte Zephyr leise.

Leander drückte seine Hand.

«Ich glaube, er beschützt das, woran wir glauben. Die Geschichten, die Musik, die Magie des Alltäglichen.»

Zephyr zog ihn näher, küsste ihn noch einmal, diesmal mutiger, tiefer. Über ihnen glitzerte der große Traumfänger in der Turmspitze, als würde er ihren Moment segnen.

Als sie sich später vor Leanders Laden verabschiedeten, fühlte sich die Welt anders an. Magischer. Lebendiger.

«Gute Nacht, Geschichtenerzähler», flüsterte Zephyr.

«Gute Nacht, Musikmacher», erwiderte Leander lächelnd.

Schatten über Fabelrode

Der nächste Morgen brachte einen ungewöhnlich geschäftigen Mittwoch in die Bücherstube. Leander hatte kaum Zeit, seinen wirbelnden Gedanken nachzuhängen, während er Kunden beriet, Bestellungen aufnahm und neue Bücher einräumte. Dennoch ertappte er sich immer wieder dabei, wie seine Finger unwillkürlich seine Lippen berührten, die Erinnerung an Zephyrs Kuss noch immer wie ein elektrischer Funke auf seiner Haut.

«Wenn du noch einmal so verträumt lächelst, während du Kafka einsortierst, rufe ich einen Exorzisten», neckte Emma, die mit einem Stapel zurückgegebener Bücher vorbeikam.

Leander errötete, konnte aber das Lächeln nicht unterdrücken.

«Ist es so offensichtlich?»

«Leander, du strahlst wie eine Christbaumkugel. Was genau ist gestern noch passiert, nachdem… »

Das Klingeln der Türglocke unterbrach sie. Herein kam eine aufgewühlte junge Frau mit schulterlangem blauen Haar - Leander erkannte sie als Lisa, Jonas' jüngere Schwester, die manchmal im Laden nach Schulbüchern stöberte.

«Ist Zephyr hier?», fragte sie atemlos. «Oder weißt du, wo ich ihn finden kann? Es ist wichtig!»

Leander schüttelte den Kopf. «Er müsste im ‚Mondschein' sein, seine Schicht beginnt um… »

«Nein, ist er nicht», unterbrach Lisa. «Ich war schon dort. Und im Proberaum auch. Niemand kann ihn erreichen, sein Handy ist aus, und… » Sie holte zitternd Luft. «Es ist was Schlimmes passiert.»

Leander spürte, wie sich sein Magen zusammenzog.

«Was ist passiert?»

«Der Proberaum. Jemand ist eingebrochen. Alles ist verwüstet. Die Instrumente, die Anlage... » Tränen stiegen ihr in die Augen. «Sogar Jonas' Keyboard haben sie zerstört. Und an die Wand... » Sie schluckte schwer. «An die Wand haben sie geschmiert: ‚Verschwindet, oder es wird schlimmer'.»

Emma keuchte erschrocken auf. Leander musste sich am Bücherregal festhalten, als seine Knie weich wurden. Die Worte von gestern Abend hallten in seinem Kopf wider - die Schritte im Flur, die sie gehört hatten...

«Wer würde so etwas tun?», fragte Emma fassungslos.

«Ist doch klar, oder?», sagte Lisa bitter. «Bauer und Klein. Sie haben gestern gedroht, und heute... » Sie brach ab, als die Türglocke erneut läutete.

Zephyr stand im Eingang, bleich und mit dunklen Ringen unter den Augen. Seine Kleidung war zerknittert, als hätte er darin geschlafen.

«Zephyr!» Lisa stürzte auf ihn zu. «Wo warst du? Wir haben überall-»
«Tut mir leid», unterbrach er sie müde. «Ich... ich musste nachdenken. Spazieren gehen.»
Sein Blick fand Leanders, und etwas in Leanders Brust zog sich schmerzhaft zusammen bei dem Ausdruck in seinen Augen.
«Ich habe es gerade erst erfahren», sagte er leise. «Die anderen sind bei der Polizei, aber... » Er lachte humorlos. «Was sollen sie schon tun? Wir haben keine Beweise.»
«Aber es waren eindeutig Bauer und Klein!», rief Lisa. «Wer sonst hätte-»
«Genau das ist das Problem», unterbrach Zephyr. «Wir können nichts beweisen. Und selbst wenn - Bauer besitzt halb Fabelrode. Die Polizei wird sich hüten, gegen ihn vorzugehen ohne handfeste Beweise.»
Er sank in einen der Lesesessel, plötzlich wirkte er sehr jung und verletzlich.

Leander bewegte sich wie von selbst auf ihn zu, kniete sich neben den Sessel.
«Hey», sagte er sanft. «Wir finden eine Lösung. Zusammen.»
Zephyr sah auf, in seinen Augen ein Kampf zwischen Hoffnungslosigkeit und Dankbarkeit.
«Du verstehst nicht», sagte er leise. «Es geht nicht nur um den Proberaum. Die Instrumente, klar, die sind versichert. Aber… »
Er holte zitternd Luft.
«Sie haben auch unsere Noten zerstört. All die Songs, die wir geschrieben haben. Finns neue Kompositionen. Die Texte… »
«Auch… », Leander zögerte. «Auch ‚im Rhythmus deines Herzens'?»
Ein Schatten huschte über Zephyrs Gesicht.
«Alles. Sie haben alles zerrissen und mit Farbe übergossen.»
Emma, die bisher schweigend zugehört hatte, trat vor.

«Moment mal. Ihr habt doch bestimmt Backups? Auf dem Computer oder so?»
«Jonas hatte einiges auf seinem Laptop», nickte Lisa. «Aber nicht alles. Manche Sachen existierten nur auf Papier, weil...» Sie stockte, als sich die Türglocke wieder meldete.
Mia stürmte herein, ihr pinker Undercut leuchtete aggressiv im Morgenlicht.
«Die Bullen sind nutzlos», verkündete sie ohne Umschweife. «Sagen, ohne Beweise können sie nichts machen. Einbruchspuren gibt's keine, weil der Täter offenbar einen Schlüssel hatte.»
«Einen Schlüssel?» Leander runzelte die Stirn. «Wer hat denn alles... »
«Nur wir von der Band», sagte Zephyr. «Und natürlich Bauer als Vermieter.»
«Und der Hausmeister», fügte Lisa hinzu. «Aber der alte Schmidt würde nie... »
«Warte mal.» Emma richtete sich auf, ihre Augen leuchteten. «Der Hausmeister - war er nicht gestern Abend im

Gebäude? Ihr habt doch Schritte gehört!»

Zephyr und Leander tauschten einen Blick. «Ja, aber… »

«Vielleicht hat er was gesehen!», rief Lisa aufgeregt. «Oder gehört! Wir müssen mit ihm reden!»

«Das wird nicht nötig sein.»

Alle drehten sich zur Tür. Dort stand ein älterer Mann in Arbeitskleidung, eine abgewetzte Schiebermütze in den Händen drehend. Herr Schmidt, der Hausmeister.

«Ich… ich muss Ihnen was sagen», fuhr er fort, sein Gesicht eine Mischung aus Scham und Entschlossenheit. «Über letzte Nacht. Und über Herrn Bauer.»

Stille breitete sich im Laden aus. Schmidt trat näher, seine Schultern gebeugt, als trüge er eine schwere Last.

«Ich hab sie gehört gestern Abend», sagte er leise. «Bauer und Klein. Sie dachten, alle wären weg, aber ich war noch da, hab die Heizung überprüft.

Sie... sie haben sich unterhalten. Über ihre Pläne für Fabelrode.»

Er holte sein Handy hervor, ein altes Modell.

«Ich hab's aufgenommen. Wollte erst zur Polizei, aber...» Er lachte bitter. «Bauer kennt Leute. Wichtige Leute. Ich brauchte Zeit zum Nachdenken. Aber als ich heute Morgen den Proberaum sah...»

Mit zitternden Fingern drückte er auf Play. Bauers Stimme erfüllte den Raum, verzerrt aber deutlich erkennbar:

«...diese moderne Brut aus der Stadt vertreiben. Erst die Musiker, dann die anderen. Fabelrode braucht eine Säuberung, verstehen Sie? Die alten Werte wiederherstellen...»

«Die Jugend hat zu viel Freiheit», kam Kleins Stimme. «In der Schule, auf der Straße. Das muss ein Ende haben.»

«Und es wird ein Ende haben. Der Proberaum ist erst der Anfang. Als

nächstes nehmen wir uns die Geschäfte vor. Dieser Buchladen zum Beispiel…»
Schmidt stoppte die Aufnahme.
«Es geht noch weiter. Sie… sie haben konkrete Pläne. Nicht nur für den Proberaum. Für die ganze Stadt.»
Leander spürte, wie sich eine kalte Hand um sein Herz legte. Zephyr war aufgesprungen, sein Gesicht rot vor Wut.
«Das ist es!», rief Mia. «Das ist unser Beweis! Damit können wir zur Polizei!»
Aber Schmidt schüttelte den Kopf.
«Heimliche Aufnahmen sind nicht rechtskräftig. Und Bauer hat Verbindungen. Er würde einen Weg finden, das zu vertuschen.»
«Dann müssen wir einen anderen Weg finden», sagte Leander plötzlich. Alle sahen ihn an. «Einen Weg, der sie zwingt, ihr wahres Gesicht zu zeigen. Öffentlich, wo sie es nicht vertuschen können.»

«Was meinst du damit?», fragte Zephyr, Hoffnung schimmerte in seinen Augen.

Leander begann, im Laden auf und ab zu gehen, wie er es immer tat, wenn seine Gedanken rasten.

«Denkt darüber nach: Was ist Bauers und Kleins größte Schwäche? Ihr Stolz. Ihre Selbstgerechtigkeit. Sie sehen sich als Hüter der Tradition, der Kultur.»

Emma nickte langsam.

«Und genau das könnte ihr Untergang sein... »

«Die Veranstaltung!», rief Lisa plötzlich. «Die, von der ihr gestern gesprochen habt - Musik und Literatur vereint!»

«Aber größer», fügte Mia hinzu. «Nicht nur im Laden. Wir müssen die ganze Stadt einbeziehen.»

Zephyr richtete sich auf, neue Energie durchströmte ihn.

«Das Schulfest!», sagte er. «In vier Wochen ist das große Schulfest. Die ganze Stadt kommt dorthin.»

«Perfekt!» Mia klatschte in die Hände. «Wir könnten auftreten - nicht nur wir, sondern auch die Schulband. Und dazwischen Lesungen, Gedichte… »

«Moment mal», unterbrach Schmidt. «Klein wird das nie erlauben. Er ist der Musiklehrer, er hat das Sagen über das kulturelle Programm.»

«Dann gehen wir über ihn hinweg», sagte Lisa entschlossen. «Direkt zum Direktor. Herr Weber ist altmodisch, ja, aber er ist fair. Wenn wir ihm das richtig präsentieren… »

«Als Brücke zwischen den Generationen», nickte Leander. «Tradition und Moderne in Harmonie. Das könnte ihm gefallen.»

«Und Bauer?», fragte Emma skeptisch. «Er wird versuchen, es zu sabotieren.»

Zephyr trat zu Leander, nahm seine Hand.

«Genau darauf setzen wir. Je öffentlicher, je mehr Zuschauer, desto weniger können sie sich verstecken. Wenn sie versuchen einzugreifen...»

«...zeigen sie ihr wahres Gesicht», vollendete Leander. «Vor der ganzen Stadt.»

Schmidt drehte seine Mütze in den Händen.

«Das ist riskant. Wenn es schiefgeht...»

«Dann verlieren wir alles», sagte Zephyr ruhig. «Aber wenn wir nichts tun, verlieren wir sowieso. Wenigstens so haben wir eine Chance.»

Leander drückte seine Hand.

«Wir müssen es nur richtig aufziehen. Die richtigen Stücke wählen, die richtige Geschichte erzählen.»

«Die Geschichte von Fabelrode selbst», sagte Emma nachdenklich. «Von Wandel und Bewahrung, von der Kraft der Kunst...»

«Von der Traumfänger-Legende!», rief Lisa begeistert. «Das wäre perfekt - sie handelt ja genau davon, wie Kreativität die Stadt gerettet hat!»

Die Energie im Raum veränderte sich, Hoffnung verdrängte die Verzweiflung. Sie begannen zu planen, Ideen flogen hin und her. Emma holte ihr Notizbuch, während Lisa schon in ihrer Handtasche nach dem Handy kramte, um die anderen von der Schulband zu kontaktieren.

Inmitten der wachsenden Aufregung zog Zephyr Leander beiseite.

«Bist du dir sicher?», fragte er leise. «Das könnte gefährlich werden. Nicht nur für die Band, auch für dich. Dein Laden... »

Leander sah zu den staubigen Bücherregalen hoch, die seit Generationen Geschichten bewahrten. Dann dachte er an die zerrissenen Noten im Proberaum, an die hasserfüllten Worte an der Wand.

«Weißt du», sagte er, «meine Mutter hat immer gesagt, Bücher sind mehr als nur Papier und Tinte. Sie sind Träume, Hoffnungen, Revolutionen. Sie sind lebendig.» Er drehte sich zu Zephyr. «Genau wie deine Musik. Und wenn wir jetzt nicht für sie kämpfen, wann dann?»

Vorbereitungen

Die nächsten Tage verwandelten Sonnes Bücherstube in ein geheimes Hauptquartier der kulturellen Rebellion. Zwischen den Regalen wurde geprobt, geflüstert und geplant. Emma hatte eine große Pinnwand aufgestellt, an der Setlisten, Gedichte und Zeitpläne hingen, sorgfältig mit farbigen Fäden verbunden wie in einem Detektivfilm.
Lisa hatte es tatsächlich geschafft, den Schuldirektor zu überzeugen.
«Er war erst skeptisch», berichtete sie aufgeregt, «aber als ich ihm von der Verbindung zwischen klassischer Literatur und moderner Musik erzählte, wurde er richtig enthusiastisch. Er meinte sogar, das sei genau die Art von Innovation, die Fabelrode brauche!»

Kleins Gesicht, als er von der Entscheidung erfuhr, beschrieb sie als «unbezahlbar».

Die Band probte nun im Hinterzimmer des Ladens - heimlich, nachts, wenn die Straßen leer waren. Zephyr hatte neue Songs geschrieben, kraftvoller als zuvor, aber mit einer Tiefe, die von mehr als nur Rebellion sprach.

«Der ist für dich», flüsterte er Leander zu, als er einen besonders eindringlichen Song probte. «Er heißt ‚Geschichtenweber'.»

Leander, der auf seinem gewohnten Lesesessel saß, spürte, wie sich sein Herz zusammenzog. Die Melodie war wie ein Gespräch zwischen den sanften Klängen einer Buchseite und dem rebellischen Schlag eines jungen Herzens.

Doch nicht alles lief glatt.

Eines Morgens fanden sie einen Brief unter der Ladentür:

«Letzte Warnung. Sagt das Schulfest ab, oder ihr werdet es bereuen.»

Emma wollte zur Polizei gehen, aber Leander hielt sie zurück.

«Noch nicht», sagte er. «Das ist genau, was sie wollen - uns einschüchtern, uns zu übereilten Reaktionen treiben.»

«Aber was, wenn sie wieder zuschlagen?», fragte sie besorgt.

«Dafür haben wir vorgesorgt», sagte Zephyr grimmig.

Er nickte zu Schmidt, der jeden Abend zusätzliche Runden um den Laden und den neuen Proberaum drehte. Andere Ladenbesitzer, die von Bauers Machenschaften gehört hatten, hielten ebenfalls die Augen offen.

Die Stadt schien sich zu verändern, fast unmerklich zunächst. Mehr junge Leute blieben vor dem Buchladen stehen, schauten durch die Fenster. Ältere Kunden, die sonst nur ihre gewohnten Bücher holten, fragten nach den Musikveranstaltungen, von denen sie gehört hatten.

«Es ist, als würde Fabelrode aufwachen», sagte Emma eines Abends, als sie die letzten Vorbereitungen für den nächsten Tag besprachen.

Sie saßen im Kreis zwischen den Regalen, umgeben von Büchern und Instrumenten - ein seltsames, aber harmonisches Bild. Mia hatte ihren Bass dabei, zupfte leise Melodien, während Jonas am Laptop die finale Setlist durchging. Lisa korrigierte die Handzettel, die sie heimlich in der Schule verteilt hatte.

«Morgen um diese Zeit», sagte Zephyr, seine Finger spielten nervös mit den Saiten seiner Gitarre, «werden wir wissen, ob unser Plan funktioniert.»

«Er wird funktionieren», sagte Leander mit einer Überzeugung, die ihn selbst überraschte. «Weil wir die bessere Geschichte erzählen.»

«Die wahre Geschichte», nickte Emma.

«Die Geschichte von Veränderung und Bewahrung», fügte Lisa hinzu.
«Von Musik und Worten», sagte Mia.
«Von uns allen», schloss Zephyr und griff nach Leanders Hand.
Sie saßen noch lange zusammen, probten ein letztes Mal die Übergänge, feilten an den Texten. Draußen zog die Nacht über Fabelrode auf, und über allem ragte der Traumfänger-Turm in den Himmel, seine metallene Spitze glitzerte im Mondlicht wie ein Versprechen.
Der Morgen des Schulfestes brachte einen strahlend blauen Himmel, als hätte selbst das Wetter beschlossen, sie zu unterstützen. Leander stand früh auf, seine Nerven zum Zerreißen gespannt.
Als er die Fensterläden öffnete, sah er bereits die ersten Vorbereitungen auf dem Schulhof - bunte Zelte wurden aufgebaut, Girlanden gespannt.
Sein Handy vibrierte.

Eine Nachricht von Zephyr:
«Bist du wach? Kann nicht schlafen. Kommst du rüber zum Proberaum? Muss dir was zeigen.»
Leanders Herz machte einen Sprung. Mit zitternden Fingern tippte er eine Antwort:
«Bin gleich da.»
Die Straßen waren noch leer, als er zum provisorischen Proberaum im Hinterzimmer des «Mondschein» eilte. Sie hatten den Raum in den letzten Tagen zu ihrem neuen Hauptquartier gemacht, nachdem der alte Proberaum zu unsicher geworden war.
Zephyr erwartete ihn bereits, auf einem Verstärker sitzend, seine Gitarre im Schoß. Er sah müde aus, aber seine Augen leuchteten.
«Tut mir leid, dass ich dich so früh herhole», sagte er, als Leander eintrat. «Aber ich musste die ganze Nacht schreiben, und… ich will, dass du der Erste bist, der es hört.»

«Was hört?»

«Unseren Eröffnungssong. Den, der alles zusammenbringt - die Traumfänger-Geschichte, unseren Kampf, alles.»

Er begann zu spielen, und Leander hielt den Atem an. Die Melodie war anders als alles, was er bisher von Zephyr gehört hatte - sie begann wie ein klassisches Stück, fast wie ein Wiegenlied, aber dann verwob sich etwas Moderneres hinein, elektronische Elemente, die Jonas programmiert hatte, Mias kraftvoller Bass, Finns komplexe Rhythmen.

Und dann sang Zephyr:

«In einer Stadt aus Träumen gebaut,

Wo alte Mauern Geschichten bewahren,

Kämpfen wir für mehr als nur Musik und Laut

Für das Recht, unsere Wahrheit zu bewahren…»

Die Worte trafen Leander mitten ins Herz. Der Song erzählte ihre Geschich-

te, aber er erzählte auch die Geschichte Fabelrodes, von Generation zu Generation, von Wandel und Beständigkeit.
Als der letzte Ton verklang, herrschte einen Moment lang absolute Stille.
«Und?», fragte Zephyr nervös. «Was denkst du?»
Statt einer Antwort trat Leander vor und küsste ihn. Er spürte Zephyrs Überraschung, dann seine Reaktion, als er den Kuss vertiefte. Die Gitarre zwischen ihnen geriet in Gefahr herunterzufallen, aber keiner von beiden kümmerte sich darum.
Als sie sich voneinander lösten, lehnte Zephyr seine Stirn an Leanders.
«Das nehme ich mal als positives Feedback», murmelte er lächelnd.
«Es ist perfekt», flüsterte Leander. «Es ist genau das, was wir brauchen.»
Ein Geräusch an der Tür ließ sie aufschrecken. Mia steckte den Kopf herein, ihr pinkes Haar heute mit silbernen Streifen durchzogen.

«Sorry, dass ich den Moment störe», grinste sie, «aber wir müssen los. Die anderen warten schon am Schulhof.»

Sie packten hastig die Instrumente zusammen. Bevor sie den Raum verließen, zog Zephyr Leander noch einmal zu sich.

«Was auch heute passiert», sagte er ernst, «ich bin so froh, dass du Teil dieser Geschichte bist.»

Leander drückte seine Hand. «Wir schreiben sie zusammen weiter.»

Das Schulfest

Der Schulhof hatte sich in ein Festgelände verwandelt. Bunte Stände säumten die Wege, der Duft von Bratwurst und Zuckerwatte hing in der Luft. Auf der provisorischen Bühne, die sie am Vortag aufgebaut hatten, testete Jonas bereits die Soundanlage.
Emma erwartete sie mit einem Stapel Programme.
«Alles bereit», flüsterte sie. «Die halbe Stadt ist schon da, und es kommen immer mehr.»
Leander ließ seinen Blick über die wachsende Menge schweifen. Er erkannte viele Gesichter: Stammkunden aus dem Buchladen, Schüler, Lehrer, andere Ladenbesitzer aus der Innenstadt. Sogar der Bürgermeister war gekommen, stand mit dem Schuldirektor im Gespräch.

Dann sah er sie. Bauer und Klein standen am Rand des Geländes, die Gesichter finster. Klein diskutierte aufgeregt mit Bauer, der nur kühl nickte.

«Sie planen etwas», murmelte Zephyr, der Leanders Blick gefolgt war.

«Lass sie planen», sagte Leander mit mehr Überzeugung, als er fühlte. «Wir sind vorbereitet.»

Der Schuldirektor trat ans Mikrofon, um das Fest zu eröffnen. Seine Rede war wohlwollend, wenn auch etwas steif - bis er zum Hauptprogramm kam.

«Heute erleben wir etwas Besonderes», verkündete er. «Unsere Jugend zeigt uns, dass Tradition und Innovation keine Gegensätze sein müssen. Lassen Sie sich überraschen!»

Das war ihr Stichwort. Leander trat auf die Bühne, ein altes Buch in den Händen. Sein Herz hämmerte, aber seine Stimme war klar, als er zu lesen begann:

«Es war einmal eine Stadt, die ihre Träume verloren hatte...»
Die Geschichte des Traumfänger-Turms floss aus ihm heraus, während hinter ihm leise Musik einsetzte. Zephyr und die Band begannen zu spielen, erst kaum hörbar, dann immer präsenter. Die Melodie verwob sich mit den Worten, schuf etwas Neues, Magisches.
Die Menge war still geworden, gefesselt. Selbst die kleinsten Kinder hörten gebannt zu.
Dann geschah alles sehr schnell.
Klein stürmte zur Bühne.
«Das ist genug!», rief er. «Das ist nicht das vereinbarte Programm! Ich verlange-»
«Sie verlangen gar nichts», unterbrach der Direktor scharf. «Dies ist eine Schulveranstaltung, und ich habe das Programm genehmigt.»
«Aber die Tradition!», protestierte Klein. «Die Kultur! Was Sie hier

zulassen, ist die Zerstörung alles Bewährten!»

«Nein», sagte eine neue Stimme. Lisa war aufgestanden, ihr blaues Haar leuchtete in der Sonne. «Was Sie zerstören wollen, ist die Zukunft. Wie den Proberaum!»

Ein Raunen ging durch die Menge. Bauer trat vor, sein Gesicht rot vor Zorn.

«Vorsicht, junge Dame. Solche Anschuldigungen können Konsequenzen haben.»

«Wie die anonymen Drohungen?», fragte Emma laut. «Wie die Verwüstung des Proberaums?»

Schmidt trat vor, sein Handy in der Hand. Es war mit der Tonanlage verbunden.

«Oder wie Ihre Pläne, die ganze Stadt zu ‚säubern'?»

Der Hausmeister drückte kurz auf die Abspieltaste. Alle konnten hören, was

Schmidt an dem Abend vor dem Probenraum hören konnte.

Bauers Augen weiteten sich.

«Sie haben uns belauscht? Uns aufgenommen? Das ist illegal! Ich werde-»

«Was werden Sie?», fragte der Bürgermeister, der näher getreten war. «Uns alle zum Schweigen bringen? Die halbe Stadt einschüchtern?»

Die Situation eskalierte. Mehr Menschen traten vor, begannen zu erzählen - von Drohungen, von Erpressung, von Jahren der Angst.

Bauer wich zurück, sein Gesicht aschfahl. Klein neben ihm begann zu stottern, suchte nach Ausflüchten. Aber es war zu spät - der Damm war gebrochen.

«Sie haben meinem Café die Miete verdreifacht, weil ich Poetry Slams veranstalten wollte!», rief eine ältere Frau.

«Und mir haben Sie gedroht, meinen Kunstladen zu schließen, wenn ich weiter moderne Künstler ausstelle!», kam es von einem Mann in Malerschürze.

Immer mehr Stimmen erhoben sich. Jahre der Einschüchterung, der versteckten Drohungen, der erzwungenen ‚Tradition' kamen ans Licht.

Der Bürgermeister hatte sein Handy gezückt.

«Ich denke, die Polizei sollte sich das anhören», sagte er ruhig. «Und ich kenne einige Leute bei der Lokalzeitung, die sehr interessiert wären an dieser Geschichte.»

«Da... das können Sie nicht!», keuchte Bauer. «Ich bin ein angesehenes Mitglied dieser Gemeinde! Ich habe Verbindungen!»

«Ja», sagte der Schuldirektor ernst. «Die haben Sie. Und genau das ist das Problem. Zu lange haben wir weggeschaut, weil Sie Einfluss hatten. Aber das endet heute.»

Klein, der die Situation offenbar besser einschätzte als sein Verbündeter, versuchte, sich davonzuschleichen. Aber eine Gruppe Schüler - angeführt von Lisa - versperrte ihm den Weg.

«Warten Sie», sagte Zephyr plötzlich. Er trat von der Bühne, die Gitarre noch in der Hand. Das Gespräch zwischen Bauer und Klein war inzwischen wieder abgeschaltet. «Bevor Sie gehen - ein letztes Lied?»

Ohne auf eine Antwort zu warten, begann er zu spielen - eine alte Fabelroder Volksweise an, die jedes Kind in der Stadt kannte. «Das Lied vom Traumfänger», das seit Generationen überliefert wurde. Doch er spielte es anders, verwob moderne Klänge mit der traditionellen Melodie, während die Band behutsam einstimmte.

Erst waren es nur einzelne Stimmen, die das vertraute Lied aufnahmen, dann immer mehr. Jung und Alt, Traditionelle und Moderne - sie alle kannten die Worte, auch wenn sie sie noch nie so gehört hatten.

Die alte Geschichte, neu erzählt, verband die Menschen auf dem Platz.

Und als der letzte Refrain verklang, ging Zephyr nahtlos in seinen neuen Song über.

Diesmal sang er allein, begleitet von der Band, während die Menge andächtig lauschte. Das Lied war wie ein Versprechen für die Zukunft, aufbauend auf dem Fundament der Vergangenheit.

Leander stand noch immer auf der Bühne, das alte Buch in den Händen. Er sah zu, wie sich die Menge bewegte, wie Menschen sich umarmten, wie Tränen flossen und Lachen ausbrach. Wie seine Stadt, seine geliebte, märchenhafte Stadt, endlich frei durchatmete.

Zephyr kam zu ihm auf die Bühne, seine Augen leuchteten.

«Weißt du was?», sagte er leise. «Ich glaube, das ist eine Geschichte, die man sich noch lange erzählen wird.»

«Die Geschichte, wie Musik und Bücher Fabelrode retteten?», lächelte Leander.

«Die Geschichte, wie die Liebe zur Kunst stärker war als die Angst», korrigierte Zephyr. Er zog Leander an sich. «Und wie ein schüchterner Buchhändler seinen Mut fand.»

«Mit Hilfe eines rebellischen Musikers», fügte Leander hinzu.

Ihr Kuss wurde von Applaus und Jubel begleitet, aber sie bemerkten es kaum.

Über ihnen ragte der Traumfänger-Turm in den Sommerhimmel, und zum ersten Mal seit langem schien sein metallenes Netzwerk nicht mehr zu fangen, sondern zu strahlen - als würden all die gefangenen Träume endlich frei.

Es war der Beginn einer neuen Geschichte für Fabelrode. Einer Geschichte von Harmonie statt Kontrolle, von Vielfalt statt Einheitlichkeit.

Und für Leander und Zephyr?

Für sie war es nur das erste Kapitel.

Epilog

Die Herbstsonne warf warme Streifen durch die hohen Fenster von «Sonnes Bücherstube & Kulturcafé». Ja, Kulturcafé - nach den Ereignissen des Sommers hatte Leander einen Teil des Ladens umgebaut.
Wo früher verstaubte Regale standen, gab es nun eine kleine Bühne und gemütliche Sitzecken.
Emma balancierte geschickt ein Tablett mit Kaffeetassen durch die gut besuchten Tische. An den Wänden hingen Konzertplakate neben antiquarischen Buchcover-Drucken, und aus den dezent platzierten Lautsprechern erklang leise Musik - die neue EP der Band, die letzte Woche erschienen war.
Die Türglocke klingelte, und Zephyr kam herein, gefolgt von einer Gruppe aufgeregter Teenager - seine neue Musikklasse.

Nach Kleins Verhaftung hatte der Direktor ihm den Job als Musiklehrer angeboten.

«Zeit für frischen Wind», hatte er gesagt.

«Wie war der Unterricht?», fragte Leander, als Zephyr sich zu ihm hinter den Tresen stahl und ihm einen schnellen Kuss gab.

«Fantastisch», strahlte Zephyr. «Du hättest Lisa hören sollen - ihre Interpretation von Beethoven auf der E-Gitarre war geradezu revolutionär.»

Leander lachte.

«Das hätte Herrn Klein sicher gefallen.»

«Oh, der hat gerade andere Sorgen», mischte sich Emma ein. Sie hielt die Lokalzeitung hoch. «Schaut mal - Bauer und Klein wurden verurteilt. Zwei Jahre auf Bewährung, plus Bauer muss wegen der Erpressungen und unzulässigen Mieterhöhungen alle seine Immobilien verkaufen.»

«Die Stadt hat die meisten aufgekauft», nickte Zephyr. «Sie werden in bezahlbare Kulturräume umgewandelt. Proberäume, Ateliers, kleine Theater…»

«Eine kulturelle Renaissance», sagte Emma zufrieden.

Leander sah sich in seinem veränderten Laden um. Die alten Bücher waren noch da, sorgfältig gepflegt und geliebt wie immer. Aber sie teilten sich den Raum nun mit neuen Geschichten - mit Musik, mit Leben, mit Zukunft.

Am Abend, als die letzten Gäste gegangen waren, standen Leander und Zephyr vor dem Laden und blickten zum Traumfänger-Turm hinauf. Seine Spitze glitzerte im Mondlicht, und manchmal, wenn der Wind richtig stand, konnte man ein leises Klingen hören.

«Glaubst du, deine Mutter wäre stolz?», fragte Zephyr leise und schlang einen Arm um Leanders Taille.

Leander lehnte sich an ihn.

«Ja», sagte er. «Sie hat immer gesagt, Bücher sind zum Leben da, nicht zum Verstauben. Genau wie Musik.»

«Genau wie wir», flüsterte Zephyr und küsste ihn.

Über ihnen fing der große Traumfänger das Mondlicht ein und warf es in schillernden Farben über die Stadt - eine Stadt, die endlich wieder zu träumen wagte.